Amalia y sus primeras tortillas

Escrito por Jerry Tello
Ilustrado por Chon Bribiescas

SCHOLASTIC INC.
New York   Toronto   London   Auckland   Sydney

Spanish version copyright © 1995 by Scholastic Inc.
Illustrations copyright © 1995 by Scholastic Inc.
All rights reserved. Published by Scholastic Inc.
555 Broadway, New York, NY   10012.
Printed in the U.S.A.
ISBN 0-590-29381-8 (meets NASTA specifications)

8 9 10   40   09 08

En cuanto Amalia se despertó, su rostro se iluminó de alegría. Sintió un olor especial que venía de la cocina: olor a tortillas recién hechas.

—¡La abuelita está aquí! —dijo Amalia.
Sabía que cuando su abuela se
quedaba a pasar la noche siempre
preparaba tortillas frescas.
Y a Amalia le encantaban las tortillas.

Así es que se levantó, se vistió
y corrió a la cocina.

Allí estaba la abuela preparando tortillas.

—Buenos días abuelita —dijo Amalia.

—Buenos días mija —dijo la abuelita abrazándola.

—¿Ya están listas las tortillas?
¿Me puedo comer una? —preguntó Amalia.
—Claro mija —dijo la abuelita—.
¡Preparé ésta especialmente para ti!

Amalia le puso mantequilla y le dio un mordisco.
—Mmm, mmm, abuelita, está ¡tan sabrosa! —
exclamó Amalia.

—Oye abuelita, ¿cómo aprendiste a hacer tortillas
tan deliciosas?
—Pues, cuando tenía cinco años
y vivíamos en México, mi abuela me enseñó. Desde
entonces siempre las he preparado de la misma manera.

—Abuelita, ¡yo tengo cinco años! —dijo Amalia entusiasmada.

—Bueno, si quieres te voy a enseñar —respondió la abuelita.

—¡Ahorita abuela, ahorita mismo! —exclamó Amalia.

—Pues claro que sí —dijo la abuelita.

Amalia observó atentamente cómo
su abuela preparaba la masa
para las tortillas y la ayudó.

Su abuela la dejó amasar
y hacer bolitas pequeñas.

Luego le enseñó cómo aplastarlas
y estirarlas con un rodillo hasta
convertirlas en tortillas redondas.

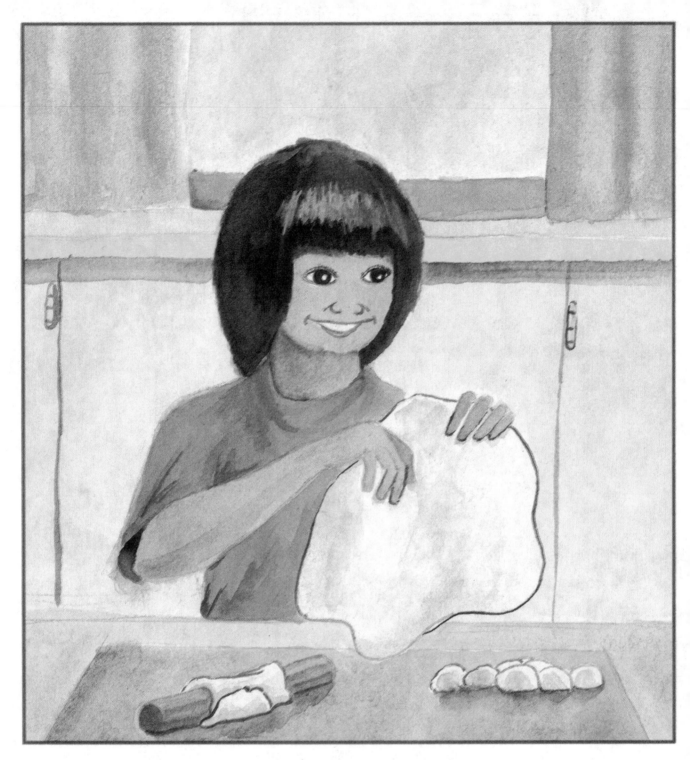

Pero las tortillas de Amalia no quedaban redondas.
—Abuelita, ¿cómo haces para que queden
redondas? —preguntó Amalia—. Mis tortillas
parecen platillos voladores.

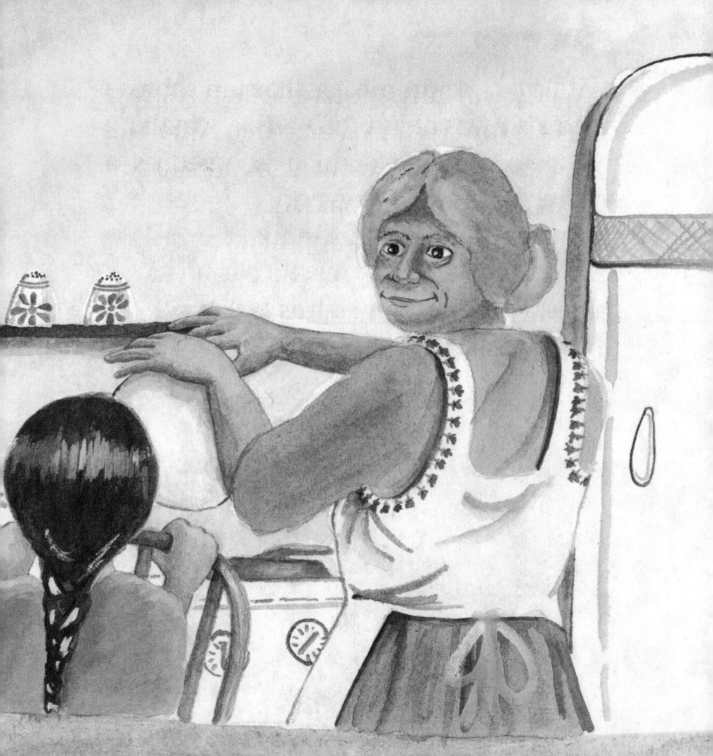

La abuelita sonrió y le dijo:
—Las mías tampoco quedaban bien al principio. Con el tiempo te quedarán mejor. Vamos a cocinar éstas.

—Abuelita, ¿serán mis tortillas tan sabrosas como las tuyas algún día? —dijo Amalia.

—Sí, pero siempre y cuando les agregues otro ingrediente —le contestó.

—¿Qué es? —preguntó Amalia.

—Mucho cariño mija, mucho cariño — contestó la abuelita mientras le daba un cariñoso abrazo.